A toute ivresse

© 2020, Dan Saucarlo

Édition : BoD – Books on Demand
12/14 rond-point des Champs-Élysées, 75008 Paris
Impression : BoD - Books on Demand, Norderstedt, Allemagne
ISBN : 9782322191208
Dépôt legal : janvier 2020

Dan Saucarlo

A toute ivresse

Editions BoD

A mes soirées inspirantes

L'ivresse de Folfair

- Un, deux, quatre…

Pas facile de compter dans sa tête quand elle virevolte.

- Vole, vole, petit oiseau. Tu deviendras gland… heu… GRAND !

Folfair se plia en deux et rigola de son lapsus aussi fort qu'à une blague bien pourrie. Il mit quelques instants à retrouver son souffle. On manque de souffle quand on boit trop. C'est pourquoi Folfair était venu faire une balade sur la plage en pleine nuit. Il déambulait en short, pieds nus sur le sable.

- Ma blague t'a fait gagner quelques secondes de vie, petit oiseau !

Folfair dévisagea le petit moineau avec un regard attendrissant. Il le tenait d'une main, et le caressait gentiment de l'autre. « Pauvre chaton… », lui marmonna-t-il.

Folfair passait par toutes les émotions : il sentait le cœur de l'oiseau battre. Cette petite chaleur de vie était émouvante. En même temps, il mesurait à quel point il contrôlait sa proie : il n'avait qu'à serrer le poing pour brouiller l'animal. Ce petit sentiment de puissance était jouissif.

Il y eut un long moment de silence. Folfair était figé. Son regard injecté de sang et d'alcool fixait les yeux de l'oiseau. Il n'arrivait plus à comprendre comment la vie circulait dans ce petit être.

« Pauvre chaton… », répéta-t-il. « Je sais, je sais… Je te traite de Minet, alors que tu es un Titi ! », dit-il en rigolant malicieusement. Sa tête tournait si fort qu'il manqua de s'effondrer. Le sable lui chatouillait les pieds.

Il se redressa soudainement, comme pris d'un spasme. Il parlait maternellement à son petit ami. « Tu es perdu ? Tu as froid ? Pauvre chaton…. Tu veux rentrer à la maison voir ta « man-man » chérie ? »

Il se parla à lui-même : « Ce moineau est assez con pour croire qu'il est vraiment un chat désormais. »

Long moment où Folfair tenta de recouvrer ses esprits. Sans y parvenir. Il ne parvenait plus à rester immobile : il puait aussi fort que l'alcool qu'il avait bu une heure durant, avant de se retrouver dehors. Il écoutait la mer religieusement désormais comme pour trouver une sorte d'inspiration.

« Envole-toi », hurla-t-il soudainement en projetant l'oiseau devant lui de toutes ses forces, comme une balle de baseball. Folfair trébucha pendant son lancer : il finit à genoux sur le sable, tête baissée et rigolard.

Le petit Titi finit sa course contre le mur du parapet. « Tu vois que tu n'étais pas vraiment un chat : tu serais retombé sur tes pattes ! » Folfair était toujours à terre, incapable de se relever. Il postillonnait quand il parlait. « Sale menteur ! »

Titi agonisait par terre, la tête tordue et le ventre ouvert. Folfair agonisait par terre, la tête en vrac dans le sable et le ventre imbibé d'alcool et de substances hallucinogènes.

« Voilà ce qui arrive aux menteurs ! Oiseau de malheur ! » Il riait à gorge déployée. « Bah ouai : même bourré, je rime ! » Il laissa l'oiseau mourir comme un grand.

Folfair s'allongea de tout son long sur le sable, fier de la leçon de morale qu'il venait de donner. Il respira un grand coup. Il était bien. Relaxé.

Très vite il dégrafa son short, glissa sa main droite dans son caleçon et attrapa sa queue. Il était encore mieux maintenant. Il ferma les yeux et s'imaginait sur l'eau en train de flotter. Il avait envie de faire durer ce moment de plaisir encore et encore. Il imaginait des mains le couvrir de caresses sensuelles. Comme si son corps était un objet sacré que l'on s'arrachait au plus offrant. Il sortit sa queue de son short et ses lèvres formèrent un sourire vicieux. Les mains se firent de plus en plus vigoureuses. Il sentait le souffle des vagues autour de lui. Il parla : « Encore… Plus vite… » Le léger vent effleurait son sexe triomphant. Ses paupières étaient si lourdes qu'il ne pouvait les ouvrir : peu importe, il était ailleurs. Il ne mit pas longtemps à gémir de plaisir.

Son esprit mit quatre heures avant de revenir à une vie normale.

Quand il ouvrit les yeux, le petit matin était là sur la plage. Il se releva très vite. Presque aussi frais et vivace qu'après une longue nuit de sommeil. Il se parla à lui-même : «Tu as ça pour toi : ta force c'est que rien ne peut t'atteindre mon vieux, et surtout pas une bouteille de rhum et deux pétards. » Folfair passa la main dans ses cheveux encrassés de sable, se gratta l'entrejambe, s'étira les bras en l'air, et rentra chez lui.

Il passa devant la dépouille de Titi. Il le regarda avec distance et mépris. C'est lui-même qu'il méprisait en réalité. « T'es vraiment trop con. T'avais quand même mieux à faire hier soir que jouer avec un putain de moineau. Ce soir, promis, je ramène une autre proie dans mon pieu ! »

Folfair travaillait tout l'été comme saisonnier dans un restaurant de bord de mer. Il venait dans cette petite ville balnéaire quasiment tous les étés depuis tout petit. Lui et sa mère connaissaient bien les gens du coin. Ça lui avait ouvert quelques portes pour trouver son job d'été.

Il enchainait les journées avec la régularité d'un métronome. Cette routine lui pesait monstrueusement sur le système. Comment pouvait-on se soumettre ainsi à de telles contraintes de travail toute sa vie ? Surtout quand il s'agissait de subir les agressions des clients et celles du patron.

L'autre jour, un client lui avait balancé : « Ton poisson est infecte ! J'espère que ta copine te donne des choses plus fraîches à bouffer mon gars ! » La femme du type était hilare. Folfair avait piqué un fard et n'avait pas su quoi répondre. Pour se venger, il avait copieusement craché dans le verre de bière commandé par le sale con ; maigres représailles à côté de la gêne publique provoquée par ce type.

Un jour, il aurait le courage de se venger vraiment.

Son boss était aussi malsain qu'imprévisible. Folfair en fit les frais le lendemain de sa nuit imbibée sur la plage. A peine eut-il franchi le palier du restaurant, qu'il se fit alpaguer par le maître des lieux.

- Hey gamin ! hurla le vieux. Viens donc un peu par-là me voir !

Le patron était une anguille opportuniste de premier rang : toujours dans la combine des bonnes affaires pour acheter sa cam' moins chère (et moins bonne…), toujours à trouver des excuses bidons pour payer en retard les employés (les « gamins » comme il les appelait) en oubliant maladroitement de compter les heures sup', toujours à faire croire aux bons clients (les « mérous » comme il les appelait) que seuls les paiements en espèces étaient acceptés… En somme, une espèce de naze qui profitait sournoisement du système, et qui jubilait de ses quelques franchissements de ligne jaune comme s'il avait commis le casse du siècle. En réalité, c'était le seul moyen que ce type avait trouvé pour mettre un peu de piment dans sa pauvre vie morose.

Il était d'un physique très ingrat, ventripotent, dégoulinant de graisse et marchait comme un manchot. Si tant est qu'un manchot marche vraiment : on devrait plutôt dire que cet animal déambule de gauche à droite, le plus vite possible pour s'éloigner et éviter qu'on le voie, tellement il a honte de sa démarche ridicule. Souvent d'ailleurs, il finit par se laisser glisser sur le ventre sur la banquise pour disparaître rapidement sous l'eau pour qu'on arrête de le dévisager et de se moquer de lui.

Le maître vivait seul. Sans surprise. Qui aurait voulu d'un lard pareil ? Pourtant, Folfair essayait d'imaginer ce que ce type pouvait bien pouvoir faire le soir seul chez lui. De quoi pouvait-il bien rêver ? Sur quoi pouvait-il fantasmer ? Même un manchot doit avoir des fantasmes, non ?

- Hey gamin ! Je t'ai demandé de venir ! postillonna le vieux.
- Voilà m'sieur, répondit doucement Folfair.
- T'as vu l'heure p'tit con ?
- Oui... (« je sais lire l'heure connard », pensa Folfair)
- Et tu lis quoi sur ma montre à moi ?
- Onze heures dix.
- Pardon ?
- Onze heures dix, MONSIEUR.
- Voilà ! On y est !

Le maître était plus grand que le petit et le toisait avec mépris. Un lion enveloppant une antilope à terre n'aurait pas mieux cerné sa proie soumise.

- Une explication ?
- Je me suis endormi sur la plage hier soir en me tapant une branlette, marmonna tout bas Folfair avec un sourire effronté.
- J'entends rien ! vociféra le vieux.

- Je… je… mon réveil a pas sonné. Ça arrive merde !

La gifle que balança le vieux signifia que non, décidemment, un réveil qui ne sonne pas ça n'arrivait pas dans son monde à lui. De surcroît, pas avec un « merde » en bout de course.

- T'es vraiment qu'un p'tit morveux ! et un bon à rien... Je te paierai pas ta journée pour la peine. Tu peux te barrer si tu veux, mais t'auras pas ta paie de la semaine dernière. C'est toi qui vois.

Le maître jubilait de son sadisme. Il adorait prendre le dessus sur les gamins : en général, il n'avait pas trop de mal à leur faire baisser les yeux et à les impressionner. C'était tellement facile ! Et jouissif… Il ne comprenait pas les parents qui n'arrivaient pas à prendre le dessus sur leurs enfants : lui, il avait des techniques imparables et parvenait toujours à ses fins !

Le petit Folfair était plutôt un bon petit. Mais le maître pensait que ça restait un effronté qui avait besoin qu'on le mate. Pour l'endurcir. C'était pour son bien après tout. Le gamin comprendrait l'intérêt de tout cela - plus tard.

Folfair regarda le vieux avec mépris. Ce type était abject. Il maltraitait tout le monde par simple goût du vice. Il ne comprenait pas. A moins que ce soit le seul moyen d'exister pour un manchot : d'effrayer les mammifères plus petits que soit.

Folfair décida que c'en était assez et se rebella. Grave erreur.

- Vous n'avez pas le droit ! Vous tentez de me faire peur. Moi aussi, je peux m'énerver et vous dénoncer !
- Tiens-donc, le petit se rebelle ! Dis-donc, tu es bien couillu pour un puceau.
- Je vous interdis de m'insulter !
- Je fais ce que je veux p'tit con. Tu vas commencer par te taire.

Le vieux empoigna brutalement le bras du jeune gars. Il parvenait à faire le tour de ses biceps avec les doigts. Il le serra si fort que Folfair sentit ses muscles se froisser et son visage se tordit de douleur.

Le maître tenait sa proie et l'approcha de lui avec autorité. Il jeta un œil autour de lui pour s'assurer que personne ne les voyait. Il posa sa bouche sur l'oreille du gamin et lui susurra dans un souffle :

- Ecoute petit. Tu vas m'écouter attentivement. Tu es à moi. Je fais ce que je veux de toi. Toi, tu vas fermer ta petite gueule avant que je m'énerve pour de bon.

Folfair déglutit bruyamment. Il était tétanisé et commençait à regretter de s'être rebellé. Son cœur battait très vite. Sans savoir pourquoi, sentir le souffle du vieux contre sa peau lui fit penser à sa mère, quand celle-ci lui dit au-revoir une semaine plus tôt en lui murmurant à l'oreille : « Sois sage mon grand. Profite-bien de ces moments de liberté ! Je t'aime. » Puis il avait eu droit à un bisou maternel.

Folfair ne put retenir une larme. Sa mère ne devait rien savoir de tout cela sinon elle aurait eu une peine infinie pour lui. Il devait affronter cela comme un grand, pour qu'elle soit fière.

- Ecoute-moi bien. Jusqu'à nouvel ordre, c'est moi qui fixe les règles. Quand on les transgresse, c'est aussi moi qui donne les punitions. Tu resteras jusqu'à la fin du service ce soir et je m'occuperai de toi en personne pour te donner une bonne leçon.

Le maître respirait comme un animal en chasse. Il tenait sa proie et la reniflait : il se donnait le temps de savoir comment il allait l'achever.

- J'en ai maté des plus costauds que toi. Je pourrais te broyer le bras. Alors imagine ce que je pourrais faire avec tes couilles. Pour peu que t'en aies.

Le maître lui lécha lentement la joue. Une langue râpeuse sur une joue de bébé. Folfair ferma les yeux avec dégoût sans rien oser dire. Une autre larme coula sur sa joue.

- C'est bien ce que je pensais ! T'es vraiment qu'une fillette qui ferme sa gueule quand on lui dit, dit-il en lâchant brutalement sa prise. Rendez-vous ce soir pour ta punition.

Le maître s'éloigna, le sourire aux lèvres, fier de son combat victorieux.

Folfair resta tétanisé pendant plusieurs minutes. Il ne bougeait plus. Ses jambes le portaient à peine. Il se demandait si tout cela était réel. Pourtant, oui, c'était bien réel. Il s'en voulait terriblement de ne pas avoir su réagir face à son bourreau. Mais le pouvait-il vraiment ? Ce type le terrorisait en réalité et il abusait de sa force et son pouvoir.

Il pensa à sa mère. Il n'oserait jamais lui parler de cet épisode, il en aurait été mort de honte. Elle aurait sans doute pu le réconforter, mais il s'en serait voulu de la préoccuper. Sa mère était tout pour Folfair : elle l'avait élevé seule, avec beaucoup d'amour et se laissant peu de temps pour elle-même. Folfair n'avait jamais connu son père : un sujet sur lequel sa mère ne s'étendait jamais. Folfair en avait pris son parti : cela ne l'avait pas empêché de grandir et de vivre. Sa mère et lui en avaient tiré une relation très fusionnelle. Son père était semble-t-il parti à sa naissance. Avec une légère pointe d'égoïsme, Folfair ne comprenait pas que son naissance ait pu provoquer la fuite de son père, alors qu'il se trouvait au contraire plutôt de bonne composition.

Après son épisode avec le maître, la journée de Folfair ne fut toutefois qu'un enchaînement absurde de mauvaises rencontres.

Des clients qui râlent comme des imbéciles de touristes qu'ils sont. Folfair se demandait parfois s'il y avait un concours officiel de connerie touristique.

- Y'a combien de boules dans la double ?
- Bah trois si je compte bien, pourquoi ?
- Très bien ! Et elle est maison la glace à la noix de coco ?
- Oui, je l'ai râpée moi-même ce matin !

Ces échanges sans intérêt avaient le mérite de ne pas trop lui faire penser à la fin de journée. Elle approchait pourtant à grands pas, avec la perspective de revoir le maître et de subir ses menaces du matin. Tout cela le préoccupait. Un autre saisonnier l'aida ce jour-là. Il s'appelait Chauduc.

L'ivresse de Chauduc

Le jeune homme s'admirait dans la glace comme chaque matin. Il passait un temps infini à peaufiner un je-ne-sais-quoi d'irréel. Comme s'il traquait une imperfection qui n'existait pas. Sauf dans sa tête sans doute.

Il peignit délicatement sa mèche de cheveux et se parfuma très légèrement. Comme chaque matin.

Il prenait soin de ne rien laisser au hasard sur son physique. Surtout en ce moment. Il avait quelqu'un dans son viseur et voulait surtout éviter une erreur maladroite sur son apparence : échouer à cause de cela l'aurait mis très en colère. Il devait juste travailler l'appât : une fois la proie accrochée, le reste suivrait car il faisait davantage confiance à son instinct et son aisance naturelle pour la suite.

Chauduc était du genre séducteur tous azimuts. Il entreprit d'appeler une de ses récentes conquêtes. Juste pour prendre la température.

- Salut ma belle. C'est Chauduc. T'es réveillée ?
- Enfin tu m'appelles ! Je t'ai laissé au moins dix messages. Tu te moques de moi ?
- Enfin, non, j'étais justement en…
- Tu m'emmerdes Chauduc ! Je croyais que c'était sérieux entre nous… Tu m'as trahie…

- N'importe quoi ! Je comptais te parler. Savoir ce que tu voulais faire.
- Arrête maintenant ! elle hurlait au téléphone. Je t'ai vu hier soir dans ce bar. Tu étais ivre. Toi qui m'avais dit ne pas vouloir sortir car tu étais malade… Tu t'es foutu de ma gueule. T'es qu'un gros con !
- Pas vraiment, écoute…

Chauduc n'eut pas le temps de finir la conversation qu'il n'eut plus personne à qui parler au bout du fil.

Il avait abusé, c'est vrai. Il avait tiré un nombre pair après tout. Mais Dieu que c'était bon hier soir ! Il se souvenait de chaque instant délicieux.

- Hey beau gosse ! Tu traînes souvent par ici ?

Le mec qui venait d'aborder Chauduc la veille au soir était du genre « petit minet – le bon coup du soir ». Chauduc repéra de suite ses intentions et cela ne fit que davantage l'exciter. Il balaya sa mèche très lentement entre ses doigts et lui sourit à pleines dents.

- Oui, je traîne ici souvent ! Toi non par contre : sinon, je t'aurais déjà remarqué…

Quand Chauduc avait bu il était incapable de dire autre chose que ce qui lui passait par la tête. Et ce soir-là, il en était déjà à son quatrième verre quand le « petit minet – le bon coup du soir » l'aborda : la discussion alla donc très vite aux raisons de la présence mutuelle dans ce bar des deux garçons.

- T'es vraiment foutu comme je les aime, toi, lança Chauduc en dévisageant sa proie de bas en haut. Je me verrais bien te bouffer pour le dessert ! Et j'ai un creux maintenant !

Un gamin n'aurait pas autrement mangé du regard une gaufre à la chantilly posée devant lui.

- T'as deux minutes pour me rejoindre dans les chiottes du fond.

Chauduc tituba jusqu'au fond du bar sans même attendre la réponse de l'invité. « J'ai bien fait de tirer un nombre pair, tiens… » pensa-t-il.

Le « petit minet – le bon coup du soir » se dit qu'il avait à faire à un mec bien particulier pour recevoir une invitation aussi rapide ! Après tout, il n'était pas venu dans ce bistrot uniquement pour enfiler des perles. Et le mec était plutôt beau gosse avec ses cheveux bien coiffés comme il faut. Il ne demanda pas son reste et suivit son hôte. « Ce qui est fait n'est plus à faire », pensa-t-il. Il bandait déjà.

Les deux garçons ressortirent du fond du bar vingt minutes plus tard, le regard pétillant. Le serveur leur sourit derrière le zinc en les voyant revenir. « Les gars, c'est ma tournée ! Après la vôtre… » Il leur servit deux shots que les deux amants passagers gobèrent en rigolant comme deux idiots. Le serveur rigola avec eux et poursuivit sur sa lancée de tournées. La soirée finit chez le serveur qui décidemment avait un goût prononcé pour les shots à trois.

Le souvenir de cette soirée rendait Chauduc songeur : était-ce comme cela qu'il imaginait sa vie ? A dix-neuf ans ? Enchaîner des soirées et des partenaires ? Peut-être après tout… A chaque nouvelle conquête, il se disait que l'approche était décidemment assez simple : il échouait assez peu dans ses approches de séduction finalement. Il aurait ainsi pu poursuivre comme cela toute sa vie : tous les soirs recommencer. Changer en permanence pour être sûr de trouver une excitation nouvelle à chaque fois.

En même temps, il connaissait son tempérament : il tombait lui-même très facilement sous le charme de la moindre personne qui lui souriait et tombait amoureux très vite. « Cette fois, c'est le bon… ou la bonne ! » C'était sans compter sur son tempérament versatile : vingt-quatre heures après ces effusions, il détestait son esprit d'avoir été autant embrumé le temps d'une vulgaire passade charnelle. Sa lucidité ressurgissait soudainement et il mettait un point d'honneur à ce que son esprit cartésien reprenne la main très vite : il balayait alors son partenaire avec condescendance, de la même vitesse avec laquelle il l'avait déshabillé la veille au soir.

Quoi tirer comme leçon ? Rien à vrai dire. Car le manège se remettait à tourner chaque soir. Comme si de rien n'était. Comme si cet incessant va-et-vient des sentiments était finalement ce pour quoi Chauduc était présent sur cette terre.

Chauduc reprit ses esprits. Il finit de se préparer rapidement avant de rejoindre le restaurant où il travaillait depuis le début de l'été. C'était un boulot alimentaire qui lui permettait de payer ses sorties. Il était sans limite le soir et ça lui coûtait une fortune. Il aimait ce sentiment de liberté.

Il prit son dé fétiche et le lança sur la table devant lui. Le dé roula et s'arrêta sur le chiffre quatre. « Encore pair ! Trop bien ! ». Chauduc adorait son petit jeu machiavélique. Tous les matins, il lançait son « dé du sexe » comme il l'appelait. Le hasard déterminait l'orientation de sa soirée : pair pour un gars, impair pour une fille. Il n'avait jamais tenu de statistiques, mais il aimait bien quand un cycle se prolongeait un peu. Deux soirs de suite le chiffre quatre, ce ne pouvait être qu'une bonne soirée qui s'annonçait.

Il rejoint rapidement le bord de mer en vélo pour son travail. Les premiers clients arrivaient pour le déjeuner. Il vit très vite que son collègue Folfair avait un comportement étrange. Quelque chose dans son regard trahissait de la détresse : Chauduc ne pouvait s'y tromper.

La dernière fois qu'il avait croisé un tel regard, c'était il y a six mois. A l'époque, il vivait avec sa petite amie d'un soir dans un appartement. L'histoire avait duré trois jours. C'était correct comme relation. La jeune fille avait un chat : miss Kitty. Tout avait mal fini à la fin des trois jours.

La relation amoureuse des deux tourtereaux, tout d'abord. Sans qu'il en soit vraiment responsable, Chauduc avait tiré un deux avec son dé le troisième soir de leur idylle. Chauduc ne pouvait trahir son destin et avait fini ivre mort dans l'appartement d'un inconnu avec qui il avait promis de revenir le lendemain si son dé le lui demandait de nouveau. Le type l'avait pris pour un cinglé.

Miss Kitty aussi avait mal fini : tout court. Le troisième jour donc, Chauduc retrouva la dulcinée après sa soirée de libertinage. Ils se disputèrent à grands cris : la gamine voulait le quitter. Chauduc, enragé et encore sous l'emprise de l'alcool, brisa une bouteille en verre et donna le choix à la gamine : soit il se tranchait la gorge, soit il lâchait le chat du huitième étage. Chauduc tenait déjà l'animal dans le vide par le collier. Miss Kitty fit les frais de ce pari stupide car la belle tenait beaucoup aux coups de reins de son amant. La gamine y perdit tout au bout du compte : Miss Kitty et son bien-aimé (qui tira encore un nombre pair le soir-même).

Chauduc se rappelait le regard de détresse de Miss Kitty. Ce regard qui appelle au secours, celui d'une chatte livrée à elle-même, suppliant un dieu (celui des chats) de lui venir en aide au moment où tout peut basculer. La détresse, c'était cela.

Chauduc ne pouvait décemment pas expliquer à Folfair les raisons pour lesquelles il avait saisi l'instant. Mais il ne pouvait laisser plus longtemps quelqu'un dans cet état de malaise.

- Hey, mon vieux, c'est quoi le problème ?
- Rien, pourquoi ?
- Je sens les choses comme un animal, dit-il en pensant à Miss Kitty. Tu peux tout me dire, on est là pour s'aider quand même !
- Ecoute, c'est compliqué. Je pense pas que ce soit le lieu pour parler de cela.
- T'inquiète, j'ai compris. On se retrouve à 16 heures chez Lulu après le service. C'est moi qui paie les coups à boire !

Chauduc lui sourit et lui posa la main sur l'épaule. Il le trouvait bien frêle. Ils avaient le même âge mais manifestement ils n'avaient pas les mêmes attributs.

Folfair accepta l'invitation : après tout, il se dit que de parler de ses problèmes était tout simplement la solution pour s'en défaire. Tout simplement. Et que tout cela s'arrêterait de lui-même. Que le maître oublierait peut-être même de s'occuper de lui ce soir.

La naïveté de Folfair n'avait d'égal que sa fragilité.

Ils se retrouvèrent en fin d'après-midi devant deux pintes de blonde mousseuse. Chauduc écouta son nouvel ami lui décrire l'épisode brutal du maître. Avec beaucoup d'attention. Pendant de longues minutes.

- Notre grand maître est le roi de l'intimidation on dirait », osa Chauduc. Continue, le récit est palpitant…

Il dévisageait Folfair en même temps qu'il écoutait son récit. Chauduc trouvait le physique de son ami plutôt intéressant : sec, mais plutôt attrayant.

Le récit était assez glauque en réalité. Chauduc n'en trouva que plus séduisant son interlocuteur. Il fallait l'aider – c'était évident. Chauduc sentit très vite que s'immiscer dans cette histoire de harcèlement lui promettait à lui aussi des instants aussi inattendus qu'excitants.

En réalité, Chauduc adorait pénétrer ces espace-temps peu ordinaires, se laisser porter par les événements, perdre le contrôle et vivre des situations inhabituelles, comme la vie vous en réserve parfois. Encore fallait-il repérer ces instants, saisir l'opportunité et accepter de se laisser porter par le hasard. Chauduc se délectait de ces situations : il était prêt à complètement s'abandonner pour vivre ces moments d'excitation inattendus. Une semaine auparavant, il avait vécu un de ces épisodes hasardeux si délicieux. Il sortait du bar d'où il venait de passer la soirée, à quatre heures du matin, et prit à pieds la route du retour chez lui. Il rentrait seul pour une fois, il était ivre comme souvent. « La seule chose que je ramène dans mon lit ce soir, c'est... mon ivresse ! », philosopha-t-il dans sa tête. Il avait très vite repéré le type de belle apparence qui marchait devant lui. « A moins que... », pensa-t-il, vicieux. C'est alors qu'un surprenant ballet s'était mis en marche. Le type le devançait d'une dizaine de mètres, de dos, et empruntait exactement le chemin que Chauduc prévoyait d'emprunter : toujours avec dix secondes d'avance sur lui et toujours les mêmes rues. « Incroyable ! C'est un signe ! », pensa Chauduc, excité. « Ce type veut me montrer quelque chose : je dois le suivre. » Le bel inconnu changea soudainement de chemin. « Il fait ça pour me tester ! », se dit le chasseur. En réalité, il était tellement ivre qu'il ne se serait pas comporté différemment dans un monde parallèle. Chauduc le suivit sans réfléchir, pendant plusieurs minutes. Il se laissait porter par le moment présent. Il était surexcité : il savait que quelque chose d'inattendu finirait par se produire. Le type avait fini par sentir une présence insistante derrière lui et s'était retourné brusquement. Chauduc, d'abord gêné, finit par lui sourire, incapable de prononcer la moindre phrase audible par un être humain sobre. Le type s'approcha de lui.

- Tu me suis, n'est-ce pas ?
- Non, c'est toi qui vas là où je vais..., réussit à balbutier Chauduc, tout sourire.
- Intéressant... ». Deux yeux affamés dévisageaient Chauduc.

L'inconnu dégageait une odeur enivrante... Un parfum énigmatique qui rendit Chauduc amoureux en un instant. Chauduc sentit le sol s'échapper sous ses pieds. « Laisse-toi aller », entendit-il. Le type le plaqua le long d'un mur et l'embrassa longuement, avec une infinie précaution. Chauduc se laissa faire : il trouvait l'instant tellement délicieux. La bouche du bel inconnu avait un goût doucement sucré, comme une petite madeleine encore chaude, tout juste sortie du four. Chauduc s'interrompit dans cette effusion : il posa doucement ses narines sur le cou de son amant furtif et se mit à le renifler sauvagement, comme un animal assoiffé. Sa peau avait l'odeur de la luxure. Chauduc était enivré, son caleçon surchauffé d'excitation.

L'inconnu commença à le caresser de toute part : il glissa sa main sous le t-shirt de Chauduc et entreprit d'inspecter son torse pour descendre dans son pantalon. Il ne mit pas longtemps à constater qu'il excitait fortement son partenaire. Chauduc fermait les yeux de plaisir et respirait fort, tout en continuant de s'enivrer de l'odeur de son prince.

Le type ne tarda pas à s'agenouiller devant Chauduc. Ils respiraient tous les deux comme deux bêtes excitées. L'inconnu ouvrit la braguette de son partenaire et entreprit une longue discussion sans parole avec lui. Chauduc, d'abord embarrassé de cette situation en pleine rue, se laissa faire sans résistance tellement l'instant était délicieux : de saveur et d'interdit. « Quelqu'un va nous surprendre », pensa-t-il. « C'est cela qui est bon… », pensa-t-il aussi. Il jouit très vite et son partenaire n'en perdit rien.

Chauduc resta un long moment les yeux fermés, adossé au mur. Extatique. Quand il les rouvrit, le type était parti. Le lendemain matin, Chauduc retrouva néanmoins un papier chiffonné dans la poche de son pantalon : le bel inconnu lui avait glissé son numéro téléphone sans qu'il s'en rende compte. Il s'étaient revus deux fois, puis Chauduc en avait eu marre. L'excitation de leur premier contact s'était vite évaporée. Même l'odeur enivrante de la peau du DJ (c'était un artiste nocturne) n'y avait rien fait.

- Chauduc, tu es avec moi là ?

Folfair dévisageait son camarade avec insistance. Chauduc reprit corps avec l'instant présent : une nouvelle histoire se profilait : Folfair, le maître persécuteur… Aucune hésitation : il fallait s'y laisser plonger !

- C'est affligeant, se ressaisit soudainement Chauduc avec la pointe de dramaturgie qu'il fallait pour rendre l'instant solennel.
- Oui… répondit Folfair au bord des larmes. Je ne sais pas ce qu'il veut mais j'ai peur. Qu'est-ce que je dois faire ?
- Ecoute, ce vieux connard a besoin d'une bonne leçon. C'est ce qu'on va lui donner.
- Mais, qu'est-ce qui va se passer ensuite ? Il peut nous faire du mal. Je le sens. C'est un sadique.
- T'inquiète Folfair, j'ai l'habitude de ce genre d'individus.

Chauduc posa la main sur la cuisse de son ami. Folfair rougit un peu gêné mais n'osa pas l'écarter. Il se sentait soudainement compris et en sécurité. Chauduc savait quoi faire manifestement : c'est ce qui comptait.

Chauduc comprit qu'il tenait là une énorme occasion de vivre un épisode hasardeux hors du commun : ivresse et excitation mêlées commençaient déjà à monter en lui.

L'ivresse des grands soirs

La fin d'après-midi arriva très vite. Les deux comparses rejoignirent leur lieu de travail. Ils terminèrent leur service vers minuit. Folfair se trouvait seul en cuisine quand le maître le rejoint.

- Alors mon p'tit ? T'as pas oublié que ce soir c'est ta fête ?
- Je ne comprends pas ce que vous me voulez m'sieur...
- Tu vas vite comprendre : tu me rejoins dans ma voiture dans vingt minutes dehors au fond du parking. Si tu ne viens pas, je te vire demain. Et n'oublie pas que je connais le type qui te loue ton appart : il mettra tes affaires dehors en moins d'une heure. T'as intérêt d'être là dans vingt minutes. Ma caisse est ouverte, tu sais bien.

Folfair se sentit piégé. Et il l'était. Il ne sut quoi répondre encore une fois. Il se dit que Chauduc aurait su quoi faire à sa place. Mais il était seul.

Le vieux sortit de la cuisine, tout sourire. Il s'arrêta quelques instants au bar. Il aperçut l'autre gamin, le petit Chauduc. « Encore un gosse dont les parents auraient mieux fait de picoler davantage le soir où ils ont niqué. »

Il resta au bar pour enfiler cul sec plusieurs ti-punchs. Ça lui rappelait ses jeunes années aux Antilles quand il était lui-même saisonnier dans un club. Il vivait de peu de chose à l'époque et passait son temps à faire la fête, boire et changer de partenaire. Le seul truc était qu'il supportait mal la boisson : ça le rendait nerveux.

Mais ne pas boire le rendait profondément triste. Il n'aimait pas cette mélancolie en lui et préférait avoir le sang chaud.

Il avait ramené de nombreuses filles chez lui pour finir la soirée. A chaque fois, le même scénario se reproduisait. Tout se passait bien au début : ils reprenaient quelques verres de rhum dans sa chambre, passaient au lit pour flamber le tout… mais très vite le maître avait une soudaine prise de conscience pendant qu'il pénétrait la fille. A quoi cela servait-il ? Pourquoi s'abaissait-il à se comporter comme un animal ? Il trouvait cela humiliant pour lui-même et se détestait d'une telle bassesse. La seule façon pour lui de se calmer et d'oublier la situation était de frapper la fille, cette fille d'une certaine façon coupable de l'avoir fait plonger dans cet acte bestial. Il y allait joyeusement et brutalement, avec surprise et avec les poings, sans équivoque et sans retenue. Cela durait peu de temps avant que la dulcinée ne s'échappe en hurlant, mais assez pour qu'elle en garde quelques traces sans équivoque. Même avec le temps, il ne parvint jamais à contrôler ses pulsions et était jaloux de ces hommes qui trouvaient du plaisir et de la sérénité dans tout cela.

Il était plongé dans ses souvenirs alcoolisés, quand il reprit ses esprits. Il avait déjà enfilé cinq ti-punchs et son cerveau bouillonnait. Il était temps de rejoindre sa voiture pour accueillir le morveux. Il se dit qu'il avait sans doute trop bu mais tant pis, ça donnerait du piment antillais à la soirée.

Il s'installa au volant de sa voiture, ferma la porte et attendit dans le noir, le moteur éteint. Il ne savait pas précisément ce qu'il allait faire au môme : il improviserait, comme avec les filles.

Il n'eut pas longtemps à attendre avant que la porte ne s'ouvre et que le gamin s'installe à côté de lui. Le maître sourit et regarda Folfair comme s'il venait de gagner un panier garni à la tombola. « En route mon garçon ! » Le gamin était tétanisé et ne savait pas quoi dire, il n'osa même pas regarder son chauffeur du soir.

Le maître démarra et prit la route de son domicile. Il jubilait tellement de son emprise sur le gamin qu'il n'aperçut même pas qu'il transportait un passager clandestin : Chauduc s'était glissé en boule à l'arrière du véhicule pendant que le vieux finissait ses verres au bar. Chauduc osait à peine respirer de peur de se faire repérer, il ignorait où tout cela l'emmenait mais une chose était sûre : il allait se passer des choses… Peut-être même de ces choses incroyables qu'on raconte bourré à ses potes en fin de soirée.

Le maître conduisait avec beaucoup de précaution, il était ivre et ne voulait surtout pas attirer l'attention sur lui sur la route. Il emprunta très machinalement le chemin qui le menait jusque chez lui. Il roula pendant vingt bonnes minutes sans dire un mot à son invité.

Folfair ne savait pas quel comportement adopter. Il comprit que le moment n'était pas propice aux questions. Il voulait que le vieux reste concentré sur sa conduite. Il craignait que le maître ne remarque la présence de son ange gardien à l'arrière…. Pas sûr qu'il aurait apprécié de savoir que sa victime préparait elle-même une contre-attaque. En réalité, chacun se laissait porter par l'instant sans trop savoir ce qui allait se produire.

Le hasard en déciderait sans doute pour eux.

La voiture s'arrêta dans un chemin reculé. Le maître habitait une vieille maison, il sortit du véhicule et vint ouvrir la porte de Folfair. Le gamin était en short et fut saisi par le froid de cette campagne inhospitalière. Le vieux prit le môme vigoureusement par le bras.

Ils entrèrent dans la maison et le vieux projeta Folfair sur un vieux canapé qui sentait la clope froide. « Ecoute-moi bien maintenant. Tu as intérêt de faire tout ce que je te dis. »

Folfair pensa à sa mère : la dernière fois qu'elle lui avait dit cela, c'était pour préparer un cake aux fruits. Aucun rapport, certes, mais l'idée lui traversa l'esprit. Il tenta de chasser sa mère de son esprit :

il fallait absolument qu'elle ne soit pas dans ses pensées en ce moment. Il devait se sentir fort.

- Vous pouvez m'expliquer ce qu'on fait là ? Ca suffit maintenant ! lança Folfair nerveusement.

Le maître sortit deux verres, les remplit de rhum coupé de coca. Folfair détestait ce mélange. « Tu bois cul-sec avec moi maintenant », ordonna le vieux. Folfair hésita puis s'exécuta. Ils en prirent trois d'affilée.

Le maître ressentait fort en lui son pouvoir de domination. Il lui balança avec mépris : « Je t'ai vu l'autre soir p'tit con, je me baladais moi aussi sur la plage. Je t'ai vu gesticuler, ivre, dans le sable. Tu t'es allongé pour te caresser comme un animal sauvage. Comment oses-tu faire cela ? Et ta mère ne te dit rien ? » Le vieux dévisageait sa victime avec un dégout parfait.

Folfair n'en croyait pas ses oreilles. Ce type l'avait surpris sur la plage la nuit où il était bourré. Et maintenant, il voulait lui donner une leçon de morale. Difficile de faire plus absurde.

- Je comprends toujours pas ! Laissez-moi rentrer.
- Non, t'as pas compris. Tu vas regretter ton insolence de l'autre soir.
- Vous n'avez pas le droit de…
- Ta gueule maintenant, le coupa le vieux. J'ai comme l'impression que tu es du genre rebelle, toi. A croire que ta mère ne t'a pas montré les bonnes manières.

Le vieux toisa le jeune avec condescendance. Il sourit et se leva très calmement. Il s'approcha d'une vieille commode, ouvrit lentement un tiroir et en sortit un flingue. Le souffle du gosse s'arrêta net. C'était un mauvais film qui se déroulait sous ses yeux.

Le vieux avait récupéré son arme grâce à un ami *out of the biten tracks*, comme aimait se qualifier lui-même l'individu en question. Un minable de première classe qui avait fait quelques casses de second rang, et qui connaissait quelques types encore plus véreux que lui. Ceux-là avaient fourni une arme à feu au vieux : il avait sollicité leurs bons et loyaux services un jour où il s'était senti en danger au restaurant. Depuis, le maître cachait son arme chez lui. Il s'était toujours dit qu'elle servirait un jour ou l'autre. C'était ce soir.

Le vieux gifla brutalement le gosse sur le visage avec la crosse : le sang gicla sur le canapé et Folfair s'évanouit. Le maître contempla sa proie étalée par terre. Il devait poursuivre la manœuvre désormais.

Chauduc attendit de longues minutes avant de s'extraire du véhicule, de peur d'être surpris. Une chance que le patron ne ferme jamais son véhicule. Il courut se cacher derrière un buisson pour observer ce qui passait dans la maison. Son cœur battait fort dans sa poitrine. Il vit les deux hommes assis dans le salon en train de boire. « Putain, c'est quoi le délire ? Ils trinquent ou quoi ? » Il comprit que l'ambiance s'était rafraîchie quand il vit son complice s'effondrer sur le canapé. Il vit ensuite le maître déshabiller méthodiquement Folfair et traîner son corps au centre de la pièce. Chauduc comprit qu'il ne pouvait rester sans rien faire et il s'approcha d'une des fenêtres restée ouverte.

Quand il reprit ses esprits quelques minutes plus tard, Folfair avait les pieds et les mains ligotés. Il avait froid et sa tête lui faisait horriblement mal. Le vieux lui avait retiré tous ses vêtements : il était assis près de lui, en train de fumer un cigare (un vieux cubain), un verre à la main.

- Vous êtes complètement malade ! Laissez-moi partir !
- Je ne veux rien entendre sortir de ta bouche. Les mecs comme toi, ils ferment leur petite gueule. Tu vas rester là sans boire ni manger pendant quelques heures. On verra si tu fais toujours le malin après ça. Crois-moi, tu t'en souviendras pendant longtemps.

Le vieux enfila son verre et s'en resservit un autre. Il se leva et fit glisser la ceinture en dehors des passants de son pantalon. Il dominait Folfair de toute sa hauteur, la ceinture pendait dans sa main droite – celle avec laquelle il cognait. Machinalement, le gamin joignit ses deux mains devant sa figure pour se protéger. Comme un animal qui sent instinctivement le danger.

La ceinture gicla. Dix fois – le maître comptait à haute voix. Il frappait l'animal comme une brute. En sueur. La peau de Folfair commençait à rougir. A chaque coup de fouet, le ceinturon pénétrait la peau juvénile du garçon : aussi facilement qu'une gousse d'ail qu'on fourre sous la peau du poulet dominical. Quelques gouttes de sang finirent par jaillir des cuisses du garçon. Le vieux s'arrêta, il suait de plus en plus, il respirait fortement.

Folfair hurlait de douleur, les larmes coulaient sur ses joues sans retenue. Folfair regarda son bourreau dans les yeux. Il comprit que la négociation était superflue. Il se sentait humilié et avait juste envie de pleurer et de se blottir dans les bras maternels. « Pourvu qu'elle n'apprenne jamais cela… », pensa-t-il.

Folfair releva la tête et aperçut une ombre bouger dans le dos du maître. Les larmes lui brouillaient la vue et il crut à un fantôme.

Chauduc s'était emparé d'un chandelier et s'approcha le plus doucement possible du maître qui lui tournait le dos. Il pensa : « Le colonel Moutarde, avec un chandelier, dans la bibliothèque. » Chauduc ne réfléchit pas davantage et frappa de toutes ses forces sur la nuque du vieux qui s'effondra la tête la première sur la table dans un bruit sourd. Son verre de rhum se renversa sur lui : le maître baignait dans un étrange mélange de sang et d'alcool. Il était sonné et il ne put rien faire que rester étalé par terre comme une énorme baleine échouée sur la plage.

Les deux garçons se regardèrent interloqués. Le temps s'arrêta. Ils hésitaient sur le sentiment à manifester l'un envers l'autre à cet instant : des pleurs, des cris de joie, des hurlements, des embrassades… Chauduc finit par sourire. Il regardait son complice étendu nu par terre. « On dirait que tu t'es fait plumer ! » Il constata que Folfair était plutôt beau gosse. Même tétanisé et lacéré, le garçon avait de quoi plaire.

Chauduc détacha les liens de son ami et le prit dans ses bras pour le relever. Folfair l'enlaça comme si c'était sa mère et se mit à pleurer. Chauduc étreignit son complice encore nu contre lui : il était gêné par la situation mais ne refusa pas cet élan charnel de réconfort sincère. Folfair était encore tremblant de peur et de douleur : son ami lui passa les mains dans les cheveux pour le calmer. Pendant un instant, Folfair crut vraiment que sa mère le cajolait. « Sauve-moi… comme promis », dit doucement le martyre.

Chauduc eut à peine le temps de savourer l'instant qu'il entendit une voix grave derrière lui qui lui glaça le sang. « Hey les amoureux, désolé de vous déranger ! ». Le vieux venait de recouvrer ses esprits et les tenait en joue avec son arme. « Tu m'as bien massacré la tête, p'tit con ! », lança-t-il à Chauduc.

La chance venait de changer de camp.

Le spectacle était affligeant de saleté et suintait l'agonie. Ils étaient tous les trois tachés de sang. Folfair et le vieux étaient quasi incapables de rester debout tellement leurs douleurs étaient insoutenables.

Le maître les fit s'assoir et remplit trois verres de rhum.

- On a bien mérité un peu de réconfort, non ? dit-il en souriant.

Le maître tenait son arme à la main, posée sur la table.

- Alors, on préfère quoi ? Rhum orange ? Pina Colada ? Sunset on the beach ?!

Le vieux explosa de rire. Il reprit soudainement un air grave.

- Lequel des deux va assister au calvaire de l'autre ? Roulement de tambour ! Mystèèèrrre !

Le vieux regarda Chauduc. Du moins, il essaya car l'alcool l'empêchait désormais de tenir un point fixe du regard, malgré toute l'énergie qu'il y mettait.

- Tu vas choisir, toi, lança-t-il à Chauduc. Tu vas choisir si c'est toi ou lui le premier à crever.
- Non !

Folfair prit la parole soudainement.

- C'est sur moi que tu veux passer tes nerfs, non ? Alors qu'on en finisse ! Ce sera moi...
- Non ! l'interrompit Chauduc.
- Non quoi, bordel ? s'impatienta le vieux.
- Non, répéta Chauduc.

Il mit la main dans la poche de son pantalon et son regard pétilla. Il reprit :

- Ce n'est pas moi qui choisirai, mais le hasard !

Chauduc venait de poser son dé du sexe sur la table. Les deux autres le dévisagèrent.

- Pair, je meurs et...
- Et impair ? marmonna le vieux apparemment saisi par le jeu.

Chauduc s'empara du dé et le lança sur la table. Assez fort pour qu'il tombe par terre. Le maître n'y tenant plus se précipita au sol pour le ramasser.

- Trois ! cria le maître victorieux, à genoux par terre, en relevant péniblement la tête.
- Impair, c'est toi, lui répondit posément Chauduc en posant délicatement sur le front du vieux l'objet qu'il venait de saisir sur la table : le canon du flingue.

Le souffle du maître s'arrêta. Chauduc attendit une seconde. « Le vice du jeu… est un TRES vilain défaut » fut la dernière phrase que le cerveau du vieux dû analyser.

Chauduc pressa la détente. Le coup résonna très froidement. Le type fut projeté en arrière sur le sol comme un sac de ciment qu'on balance sur un chantier.

Le sang gicla de façon très désordonnée. Il y avait des éclaboussures partout : c'était comme… moucheté. Le sang avait cette grande propriété de créer de superbes tableaux de perles écarlates, d'une rondeur et d'un éclat quasi parfaits. Dans les circonstances du moment, cela s'appelait une création originale que seul le hasard avait improvisée. Comme si… comme si le peintre s'était approché du tableau le pinceau à la main, avait trébuché brutalement, tout en lançant hasardeusement de la peinture sur la toile en tombant par terre. Et que cela avait fait quelque chose de beau. Une œuvre éphémère signée Chauduc. « C'est fascinant », pensa-t-il.

L'artiste resta un long moment le bras tendu, sans bouger. Comme s'il rejouait la scène. C'était étrange. C'était la première fois qu'il tuait quelqu'un. Il pensa bien à Miss Kitty, mais très vite il se dit qu'elle ne rentrait pas dans la même catégorie de délire.

Folfair avait assisté à toute la scène. Il était recroquevillé dans un coin et tétanisé. Il était mort de froid également. Il se leva, tremblant de tous ses muscles. Il était toujours nu comme un ver. Il regarda Chauduc, tourna la tête et se mit à vomir. Durant de longues secondes. Son estomac était pris de spasmes incontrôlables. Son vomi dégoulina jusque sur les vêtements du vieux et commença à se mêler à son sang. Le spectacle était organique et nauséabond.

Folfair s'effondra en larmes dans les bras de son comparse.

- Pourquoi ce type me voulait tant de mal ?, sanglotait Folfair. J'ai besoin que tu m'aimes… que tu m'AIDES pardon !

Chauduc pouffa et regarda Folfair droit dans les yeux. Il répondit tendrement à son ami, en lui souriant :

- Je vais t'aider… de toutes mes forces.

Des odeurs nauséabondes commençaient à poindre dans le salon. Il était temps pour les garçons de quitter les lieux.

- Qu'est-ce qu'on va faire maintenant Chauduc ? Putain, ce mec est mort !
- T'inquiète pas. C'est lui qui nous a séquestrés. On craint rien.
- OK. Mais c'est chaud quand même, non ? Il faut qu'on appelle les flics.
- Non ! On attend un peu. Je… Tu devrais te rhabiller peut-être. Ça ira mieux après tu verras.

Folfair enfila son caleçon et son pantalon. Chauduc le reprit dans ses bras.

- Il faut te calmer maintenant. Je suis là pour te protéger. On va rester ensemble.
- Je veux rentrer maintenant.
- On va rester ensemble. Blottis l'un contre l'autre…

Folflair le repoussa brutalement.

- T'arrêtes tes conneries maintenant ! Tu as tué ce type ! On doit appeler les flics.
- Non, Folfair.
- Quoi non ?...
- Non… On va rester là. Mon dé a parlé ce matin. Je n'ai plus d'autre option ce soir. Tu dois être mon prochain partenaire.
- Partenaire de quoi ?

- Partenaire de jeu... de jeu de sexe.
- C'est quoi ton délire putain ?!
- C'est pas moi... c'est mon dé ! Je tire au sors tous les jours : c'est tombé sur pair aujourd'hui. Je dois me taper un mec ce soir. Voilà, tu sais tout !
- C'est cool ! Donc ton dé décide, toi tu t'y soumets... et moi aussi donc !
- C'est un peu ça oui. Désolé ça tombe sur toi ce soir : note que ça me dérange pas, tu sais...
- C'est cool ! répéta Folfair en souriant. Si tout le monde est content, c'est cool ! Ton dé est content, toi aussi... et moi je vous écoute.

Folfair eut un sanglot dans la voix. Il reprit aussitôt.

- Ecoute Chauduc. Ce soir un type m'a séquestré, mis à poils, frappé au ceinturon. J'ai assisté à son exécution sous mes yeux. Et maintenant, tu me demandes de baiser avec toi ? Je sais pas pour toi, mais là, j'ai tout sauf envie de bander !

Il y eut un long silence.

- OK. Donc, si je reformule, ce serait oui en d'autres circonstances ? sourit Chauduc.

Folfair rougit. Cette discussion était surréaliste.

- Si ça peut te faire plaisir... à toi et ton putain de jeu de dé. Ecoute... Disons que oui.

Chauduc parut s'en satisfaire. Les deux garçons se posèrent quelques minutes sur le canapé.

- Je ne comprends pas... Toute cette violence, soupira Folfair.
- Ne cherche pas d'explication. Ce type avait besoin de violence pour exister.

- Tu veux dire que je dois me contenter de ça ? Me dire que je n'étais que l'objet d'une pulsion d'un type qui voulait se sentir vivre ?

Folfair sourit et soutint le regard de Chauduc avec autorité.

- Je veux comprendre ! J'ai été humilié par le type que tu as flingué sous mes yeux. Tu dois m'aider à comprendre toi aussi !

Chauduc acquiesça. Les deux garçons se levèrent et commencèrent à déambuler dans la maison. Le silence qui régnait était assourdissant. La maison était aménagée dans un souci de minimalisme absolu : juste ce qu'il fallait de meubles (vieux et moches) pour une vie humaine de base. Il régnait une odeur très désagréable. Folfair n'aurait pas su dire si cette odeur étrange était déjà présente à leur arrivée une heure plus tôt, ou si c'était la suite des événements qui avait amené avec elle cette atmosphère étrange. Le peu de meubles était tapis de poussière crasseuse. Folfair se crut dans un film glauque : il avait du mal à imaginer que le vieux puisse vivre seul dans un environnement aussi inhospitalier et dénué de toute chaleur. Et pourtant, si. Le vieux vivait là, seul. Ou presque : le vieux vivait avec ses vices et ses pires travers psychiques.

La déambulation des garçons les mena très vite à l'étage, Folfair s'arrêta net devant la chambre du vieux. Un peu comme un animal ayant su instinctivement que les réponses à ses questions se trouvaient derrière cette porte. Folfair pénétra dans la pièce, la petite ampoule au plafond (sans lustre) éclairait mollement la pièce d'une lumière jaunâtre. Le lit trônait en plein milieu, revêtu d'une vieille couverture rouge qu'on imaginait piquante et non moins puante.

Le regard de Folfair se posa très vite sur la vieille commode à côté du lit. Il y avait quatre photos encadrées, posées fièrement comme des trophées, toutes orientées vers la tête de lit. Pour que le vieux les voie bien en s'endormant tous les soirs de sa pauvre existence. Quatre visages.

A cet instant, Folfair s'arrêta de respirer, pris d'une soudaine nausée. La pénombre dans la pièce était elle-même incapable de l'y tromper : il y avait là, sous ses yeux, encadrée sur la commode, la photo d'un visage qu'il connaissait par cœur depuis tout petit : celui de sa mère.

L'ivresse du vieux

Dix-neuf ans plus tôt.

La piste de danse était pleine à craquer ce soir-là. Il faisait une chaleur à crever dans la boîte de nuit.

Il était arrivé deux heures plus tôt, déjà enivré de quelques verres avalés rapidement. Son corps l'avait tiré jusque dans cette boîte pour touristes de milieu de gamme. Il se moquait pas mal du public présent. Il n'était pas là pour nouer des contacts sociaux ; il n'était pas là pour boire non plus : il était là pour trouver une proie sexuelle. Et pour cela il avait besoin de boire exagérément. Comme toujours. Comment pouvait-il en être autrement pour un mec comme lui ? Il était d'un physique très moyen – limite repoussant ; il dégageait une odeur étrange – celle d'une personne qui négligeait son hygiène.

Oui mais voilà, il fallait bien qu'il se soulage et qu'il ne le fasse pas seul. Il était revenu des Antilles depuis deux mois et s'était dit que ses pulsions l'abandonneraient. Pourtant il comprit très vite que cela ne serait pas aussi simple. Il en fit de nouveau l'expérience ce soir-là.

Il fallait qu'il fasse vite pour capturer sa proie nocturne, car il aurait du mal à rester lucide encore très longtemps. Il finit par la repérer dans cette horde de corps enfiévrés.

Il invita deux jeunes femmes au bar et discuta un moment avec elles. Discussions arrosées de rhum. Comme toujours. Il parlait pour ne rien dire : les questions qu'il posait n'avaient pour simple but que les faire se donner en spectacle pour qu'il puisse choisir l'une des deux, la sauter et partir dormir. Il avait hâte que cela se termine.

- Alors, les filles, chacune votre tour, racontez-moi votre dernière nuit torride !

La première des deux filles piqua un fard et resta sans voix. La deuxième se sentit très libre de raconter sa dernière sortie en boîte qui avait fini de façon plus dénudée qu'elle n'avait commencé.

- Je connais bien le quartier et les bars de nuit ici, dit-elle. Je viens ici l'été depuis des années !
- Et tu fais des rencontres ? lui demanda-t-il.
- Oui, comme toi ce soir !

La jeune femme dévora le type des yeux. Elle était saoule mais s'imaginait déjà passer la nuit dans les bras de cet inconnu. Et puis, qui sait, peut-être l'emmènerait-elle sur une île à l'autre bout du monde. Il avait raconté ses virées aux Antilles et elle se voyait déjà sur une plage paradisiaque, sirotant un cocktail local.

En face, notre homme avait fait son choix. Ou plutôt l'opposition de style des deux femmes l'avait fait pour lui. Il devait conclure rapidement et passer à l'action.

- Tes yeux sont magnifiques, dit-il à l'élue.

Les deux jeunes femmes pouffèrent comme des dindes.

- T'as les mots pour me séduire ! lança ironiquement la promise.
- Insolente ! Tu préfères les preuves d'amour toi...

Il s'approcha tout près d'elle et la regarda fixement pendant quelques secondes. Sans rien dire, il souleva sa jupe, glissa ses doigts dans sa culotte et commença à la caresser. N'importe qui aurait pu les voir. Sauf que les esprits de leurs voisins étaient trop alcoolisés pour comprendre ce qui se passait. Elle se laissa faire sans rien dire. Le type commençait à l'embrasser dans le cou en gémissant comme un veau.

- Tu m'as compris. On part chez moi maintenant.

La jeune fille resta interloquée. Hésitant entre la peur et la fascination pour cet inconnu qui prenait des initiatives tout-à-fait hors normes. L'idée que ses voisins de comptoir aient pu comprendre ce qu'il était en train de faire l'excitait terriblement. Elle décida d'en profiter et se mit à sourire.

- Ça a le sang chaud les Antillais ! dit-elle.
- Tu vas voir ce que je vais te mettre...

Le type retira ses doigts de la jeune fille et l'encercla par la taille avec brutalité. Elle se laissa faire en rigolant. Ils sortirent du bar en se soutenant mutuellement, laissant sur place et sans rien dire la troisième intruse, qui resta interloquée d'une telle séance de séduction.

Les deux amants se retrouvèrent chez le type. Un appartement miteux où régnait une odeur très désagréable. La jeune fille n'eut pas vraiment le temps de s'interroger sur l'origine de cette puanteur, car le type prit vite les choses en mains.

- Nous allons jouer, dit-il. A mes jeux, avec mes règles.
- J'adore les jeux !
- OK. Je veux un souvenir de toi avant toute chose.

Il saisit un vieil appareil photo et prit plusieurs photos du visage de la jeune femme. Elle se laissa faire trouvant cela amusant. Lui aussi aimait bien garder des photos des filles avec qui il couchait : il trouvait cela excitant à regarder par la suite. De retrouver leur regard juste avant qu'il ne les pénètre. Avec un peu de chance, celle de ce soir resterait dans son *best-of*. Elle le pouvait car elle était plutôt bien foutue.

Le jeu se poursuivit sur d'autres thèmes : elle se retrouva très vite les deux poignets attachés au lit. Au début, elle fut surprise par ce jeu original, avant de comprendre que le gars avait vraiment besoin d'une mise-en-scène de domination.

Le type n'était pas spécialement beau garçon mais paraissait très sûr de lui. Elle imaginait parfaitement le père de ses enfants grand comme lui, plein d'autorité. Trouvant son pouvoir de séduction ailleurs que dans ses biceps.

Elle se laissa faire quand le type la pénétra. Elle n'y trouva pas de plaisir particulier : elle trouvait seulement intéressant d'aller au bout de ce jeu sexuel, pour pouvoir ensuite le raconter.

Le gars finit par jouir, non sans mal et s'allongea ensuite brutalement à côté d'elle. Elle était toujours attachée. Les liens commençaient à sérieusement lui faire mal désormais. Elle sentit que l'ambiance changeait de ton.

- T'es plutôt bonne, toi.
- Détache-moi maintenant. On va boire.
- Je vais boire, oui. Toi, tu vas trinquer, dit-il froidement.

Il était soudainement devenu hystérique. Il la gifla brutalement. La douleur la tétanisa. Elle étouffa un cri. Il s'arrêta, la dévisagea et s'écroula, genoux à terre.

- Pardon, lui dit-il très calmement, changeant brutalement de ton. Tu ne mérites pas cela.

Le corps de la jeune femme tremblait de façon incontrôlée. Elle se dit qu'elle allait mourir.

- Vas-t'en !, hurla-t-il soudainement.

Elle sursauta en poussant un cri. Elle était terrifiée de peur. Le type à côté d'elle changeait d'humeur en un instant et paraissait incontrôlable.

- Détache-moi, réussit-elle à dire dans un sanglot.

Il lui défit les liens qui maintenaient ses mains au lit. Elle se rhabilla et s'enfuit en tremblant de tous ses membres.

Elle se retrouva enceinte peu de temps après. La jeune femme hésita longtemps et décida finalement de garder cet enfant. Il était temps qu'elle endosse son rôle de mère à vingt-trois ans. Elle se dit que le destin venait de lui envoyer un signe hors du commun. Elle appela le gamin Folfair.

L'ivresse de Fabuline

Folfair prit dans ses mains le cadre où reposait la photo de sa mère. Il tremblait. Elle avait vingt ans de moins. Elle semblait heureuse. Il avait la gorge nouée par l'émotion.

- Je ne comprends pas…, dit-il à Chauduc.

Sa voix était remplie de sanglots. Cette soirée était un puits sans fond de douleur. Quand tout cela allait-il s'arrêter ? Chauduc sentit que l'instant était douloureux pour son ami.

- C'est moi qui ne comprends pas… posa calmement Chauduc. C'est qui sur cette photo ?
- C'est ma mère…
- Ah merde ! lança Chauduc sans retenue

Il y eut un long silence. Chauduc sentit un vent froid lui caresser le dos de bas en haut.

- Mais… Regarde : la tapisserie derrière ta mère sur la photo. C'est ici ! La photo a été prise dans cette putain de chambre !

Folfair se mit à pleurer sans pouvoir s'arrêter. Il se prit la tête entre les mains.

- Ma mère dans cette chambre… Il y a vingt ans…

Folfair sentit ses jambes l'abandonner. Chauduc venait de comprendre l'infâme malaise qui venait de se révéler à son ami. Cet homme puant, ce monstre, ce maître infâme qui vivait dans ces lieux, et à qui il venait d'exploser la cervelle sous les yeux de son ami : cet homme, c'était…

Quelques mots sortirent de la bouche de Chauduc, avant que son ami ne s'écroule par terre :

- Merde, c'est ton père !

Folfair mit de longues minutes avant de recouvrer complètement ses esprits. Chauduc l'avait aidé à descendre les escaliers et ils s'étaient installés dans le salon. Chauduc avait tiré le corps du vieux dans une pièce voisine.

Folfair était allongé sur le canapé. Chauduc avait préparé du café et trouvé des trucs à grignoter. Quand il vit le malade ouvrir les yeux, il s'approcha de lui et lui caressa la joue.

- Salut mon pote. Je suis là. Je vais t'aider. Je…
- Merci Chauduc. Je suis usé… Je comprends rien…
- Ecoute, on va appeler les flics, c'est toi qui avais raison.
- Non ! eut la force de l'interrompre Folfair.

Chauduc n'osa rien dire. Folfair reprit en sanglotant.

- T'imagines ? Mon père… C'est sûr, ce sale type était mon père…
- Je suis désolé… Je… Je l'ai tué…
- Non. Ce n'est pas toi. C'est nous, tous les deux. On l'a tué Ensemble. Et pour de bonnes raisons ! Ce type nous a harcelés et a failli nous tuer lui aussi.
- Oui…
- C'est quoi cette histoire ? Je ne comprends pas… Pourquoi ma mère ne m'a jamais rien dit ?
- Il faut te calmer…
- Comment je peux avoir un père pareil ? Il a dû me refiler toute sa perversité et son ignominie… Je suis le fils d'un monstre…
- Arrête de te faire du mal Folfair.

- Comment ma mère a pu faire cela ? Comment ma mère a pu fréquenter ce type ? Je ne comprends pas ! Je ne comprends pas ! se mit à hurler Folfair.

Chauduc le prit dans ses bras. Il le serra du plus fort qu'il put. Comme pour évacuer toute la haine qui bouillonnait au plus profond de son ami.

- Calme-toi… Tu vas parler à ta mère… Tu vas le faire. Elle t'expliquera. Il faudra que tu l'écoutes. Et puis, pour le moment, tu ne sais pas si c'est vraiment ton père…
- Putain ! hurla Folfair en repoussant Chauduc brutalement. Mais si c'est mon père ! Merde ! Tout s'explique ! Ma mère qui ne m'en a jamais parlé ! Nos vacances d'été tous les ans dans la région ! Cette photo il y a vingt ans ! C'est lui !

Il s'effondra en sanglots. Chauduc respira profondément et enlaça de nouveau son ami. Il était inconsolable. Le choc était aussi fort qu'inattendu.

Chauduc prit le visage de son ami dans ses mains. Il le fixa droit dans les yeux. Folfair avait les yeux rouges : de fatigue et de tristesse. Les deux garçons se fixaient désormais droit dans les yeux. Chauduc caressa la joue de Folfair aussi doucement qu'une mère aurait caressé son bébé malade et fiévreux. Chauduc respira profondément et ferma les yeux. Les deux garçons s'étreignirent un long moment. Avec force. Comme pour se rassurer et reprendre des forces. Au risque de se faire mal.

C'est alors que Chauduc reposa son regard sur la photo de la mère de Folfair : elle était fixée légèrement de travers dans le cadre. Il fixa l'objet. Il vit comme une feuille de papier glissée à l'arrière de la photo. C'était étrange. Il s'empara du cadre, détacha brutalement les pattes de fixation à l'arrière.

Folfair ne vit rien de la manœuvre de son camarade. Il avait la tête entre les mains, en pleurs. Quand il releva la tête, il vit Chauduc en face de lui, le visage blême – sa respiration était plus rapide soudainement.

Chauduc ne prononça pas un mot. Il en était incapable. L'émotion obstruait sa trachée : aucun son n'aurait pu en sortir.

- Quoi ? murmura Folfair avec inquiétude - il sentait que le moment était dramatique.

Chauduc fit un effort surhumain pour prononcer quelques mots. Il marmonna.

- Il savait…

Folfair secoua la tête. Il se remit à pleurer.

- Quoi ? Il savait quoi ? dit-il avec agacement.

Chauduc tendit sa main tremblante vers Folfair pour lui montrer ce qu'il venait de trouver à l'arrière du cadre, caché derrière la photo de sa mère.

- Cet enfoiré savait…, reprit Chauduc sans pouvoir poursuivre.

Folfair eut le souffle coupé. Il avait sous les yeux trois nouvelles photos. Il connaissait ses photos : elles montraient un gamin de cinq ans, le même à dix, et un adolescent de quinze ans.

Folfair regarda Chauduc avec détresse.

- C'est moi sur ces photos… Cet enfoiré savait qui j'étais…, finit par dire Folfair dans un sanglot.
- Ta mère Folfair… Il faut que tu parles à ta mère…

Il était quatre heures du matin quand les deux garçons s'assoupirent dans le salon. Chauduc observa son ami s'endormir.

Il admirait le courage dont il avait fait preuve au cours des dernières heures.

Folfair venait de vivre une des pires journées de sa vie. Il avait subi la colère de son patron, la séquestration, l'humiliation, les coups, la mort violente du type sous ses yeux, pour finir par apprendre qu'il s'agissait certainement de son père et que ce type connaissait manifestement son existence.

Chauduc fit un rêve étrange. Il était avec son ami dans une voiture. Fonçant à vive allure sur le périphérique. Ils étaient ivres et chantaient à tue-tête en rigolant comme des imbéciles. Ca sentait le tabac : celui des cigarettes qu'ils grillaient dans la voiture depuis vingt minutes. Ils roulaient vite. Sans ceinture. Soudain, Chauduc, qui conduisait, lâcha maladroitement sa cigarette par terre : il fit un mouvement brusque pour tenter de la récupérer, perdit le contrôle du véhicule, qui fit un tonneau. Les deux garçons furent éjectés : l'un décapité et l'autre écrasé sur un panneau de signalisation. Chauduc se réveilla brutalement en sueurs. Il se dit que la vie était belle finalement. Malgré les épreuves de la veille.

Les deux garçons se réveillèrent péniblement trois heures plus tard. Folfair sentait les lacérations sur son dos : le maître ne l'avait pas manqué et il en garderait des cicatrices douloureuses pour le corps et l'esprit.

Il fallait désormais affronter sa mère. Folfair n'était pas préparé à cela : c'était une épreuve. Il plongeait dans l'inconnu : il devrait sans doute faire face à des révélations. Qu'il n'avait d'ailleurs pas forcément envie d'entendre. Mais il devait affronter cela. Il ne pouvait pas rester dans l'ignorance plus longtemps : il devait connaître dans quelles circonstances sa mère et ce type s'étaient rencontrés… et revus manifestement.

Lui qui avait toujours admiré et respecté sa mère, il s'attendait à vivre un moment douloureux. Un monde s'effondrait. Comment avait-elle pu lui mentir depuis si longtemps ? Comment pouvait-elle ignorer que son fils était sous les ordres de ce type pour son job d'été ? Comment avait-elle pu lui imposer une telle situation ? Qu'espérait-elle ? Que lui avait-elle encore caché ?

Les deux garçons arrivèrent au petit matin dans la maison de Fabuline. Ils pénétrèrent dans la maison et se rendirent directement dans la cuisine. La maison était décorée avec un goût très douteux. Des têtes d'animaux accrochées au mur : il y avait là un sanglier, là un lapin, ou encore un renard. Ça sentait les vieux poils imbibés de naphtaline. Fabuline savait décidemment comment faire fuir tous ses hôtes : de tels trophées rendaient l'atmosphère si désagréable et nauséabonde que la maîtresse était rarement ennuyée par des visiteurs.

Cela n'était pas pour la déranger : bien au contraire. Fabuline avait passé son existence à tenter d'échapper à ses contraintes. Elle n'aimait pas se sentir obligée : elle avait suffisamment subi l'oppression masculine quand elle était jeune, pour avoir appris à s'affirmer comme femme désormais. Elle s'était promis de ne plus jamais se laisser faire. Elle avait déjà suffisamment donné sur ce plan.

Toutes les années durant lesquelles elle avait élevé son fils, elle s'était refusée à donner la priorité à autre chose que son enfant. Maintenant que son grand était parti, elle avait commencé à accepter l'idée de reconstruire une vie de couple. Elle avait tout juste franchi la barre des quarante ans : il était encore temps pour elle. Elle s'était inscrite à des clubs de rencontres. Les types qu'elle avait rencontrés étaient tous plus jeunes qu'elle : c'était son choix.

Ce qu'elle appréciait chez les jeunes, c'était cette puissance mêlée d'insouciance. Elle avait enchaîné comme cela un paquet de rendez-vous. Des speed-datings suivis de quelques parties plus intimes. Son premier rencart avait été plutôt marquant. Le type, vingt-cinq ans, s'était pointé en retard de vingt minutes dans le bar où ils avaient rendez-vous, et s'était assis en face d'elle comme si de rien n'était.

- Salut madame, osa-t-il

- Touchant, pensa-t-elle
- Je vais commander de suite un verre, je reviens, lança-t-il en s'éloignant déjà de sa promesse.

Elle le regarda en souriant, fascinée par tant de désinvolture. Il revint cinq minutes plus tard. Son verre à la main, rien pour sa dulcinée.

- Ca fait vingt-cinq maintenant, dit-elle doucement.
- Vingt-cinq quoi ?
- De retard. Vingt-cinq minutes de retard. La pinte comprise.
- Peut-être, oui… Merci d'être venue. Je suis à la bourre en fait. Ma copine m'attend.

Elle était décidemment fascinée. Quelle accroche !

- Ah pardon… désolée de perturber ton emploi du temps !
- Oui… Je préfère vous vouvoyer par contre… Rapport à l'âge… Enfin, j'ai pas trop l'habitude madame…

Il but la moitié de sa pinte cul sec. Il rota - bruyamment - sans sourciller.

- On peut s'y mettre rapidement, non ? relança-t-il
- Sur quoi ?
- Bah… sur vous ! pouffa-t-il
- Je ne suis pas sûre de comprendre, gamin.
- Attendez, quand même… le site, l'appli, ici, vous et moi, on n'est pas là QUE pour manger des cacahuètes !
- Oui, d'ailleurs ça tombe bien…
- Bon voilà, je voulais donc savoir si on pouvait enchaîner vite fait, rapport à ma copine qui rentre bientôt.
- … rapport à mon allergie à l'arachide.
- Pardon ?

Elle le fixa droit dans les yeux, lui sourit et décida de passer à l'action.

- Ne bouge pas bonhomme.

Elle se leva et s'approcha de sa proie, encore assise. Le gamin était interloqué et la regarda faire sans bouger. Elle attrapa le verre du gamin et but le reste de sa pinte cul sec. Elle aussi.

- Tu vois, moi aussi, à mon âge, je sais faire ça.
- T'as des couilles toi, lui lança-t-il.
- Sans doute… et toi aussi on dirait.

Elle venait de lui attraper la queue à pleine main à travers son pantalon. Il rougit et n'osa pas bouger.

- On y va, lança-t-elle. Tu resteras avec moi le temps qu'il faut.

Elle s'interrompit. Et reprit.

- Ta copine, je l'emmerde. C'est moi qui commande ce soir. Compris ?

La séquence qui suivit fut assez anarchique. Le gamin était du genre énervé et impatient. Sa promise, quant à elle, bien décidée à mener sa barque. Il y eut des étincelles. Elle garda quelques bleus sur les bras – ceux des ongles enfoncés du gamin quand il lui jouit dessus. Lui, des traces de morsure quand elle le mordit le biceps en guise de souvenir.

Ils ne se revirent jamais. Une bonne décision pour chacun des deux.

Elle enchaîna ainsi plusieurs rencontres sans lendemain grâce à son application de rencontres. « La panacée cette technique de chasse moderne ! », se disait-elle. Elle appréciait de consommer le sexe et les partenaires selon ses envies du moment. Quelle jouissance ! Rien ne lui résistait. Les jeunes étaient sous son contrôle le plus total.

Elle poussa même le vice au-delà d'une ligne qu'elle n'aurait jamais imaginé franchir. Un de ses collègues, en mal de l'appétit sexuel de son épouse, lui en avait parlé : « Tu verras, Fabuline, tu te révéleras bien plus dans une discussion à trois qu'en tête-à-tête ! » Elle était sceptique au départ, mais l'aventure se révéla très excitante. Surtout au moment d'en parler autour d'elle ! Une espèce de fascination mystique entourait cette expérience : il y avait ceux qui l'avait pratiquée et ceux qui fantasmaient dessus toute leur vie ! Fabuline devint alors membre de fait de cette confrérie convoitée et put partager son bonheur d'avoir vécu cet instant si délicieux : celui de se sentir libre et vibrante.

« Ils ont presque l'âge de mon fils, ces gamins », songea-elle un matin. Un matin suivant une de ces soirées animées. Un matin où elle entendit son fils Folfair rentrer dans la maison, accompagné d'un acolyte : tous deux avaient le visage pâle et fatigué.

Folfair et Chauduc trouvèrent Fabuline assise à la table de la cuisine, vêtue d'une robe de chambre bleue. Une vieille robe de chambre d'une couleur bleue passée. Elle buvait bruyamment un grand bol de café. Du café réchauffé de la veille.

- Sale nuit les gars on dirait, leur lança-t-elle.

Grand silence.

- Café les p'tiots ?
- Oui madame, répondit Chauduc pour briser la glace.

Elle s'approcha de Folfair pour l'embrasser. Il se déroba sèchement.

- Que se passe-t-il mon grand ? Tu as les yeux explosés : vous êtes shootés, c'est ça ?
- Maman…, se lança Folfair.

Il ne put poursuivre, la gorge nouée par l'émotion. Les larmes commencèrent à couler sur ses joues. Elle leur servit deux tasses de café chaud. Les deux garçons s'assirent en face d'elle. Fabuline sentit très vite que son fils n'avait pas qu'un problème avec sa soirée de la veille.

- Qu'as-tu à me dire ?
- Maman, je sais tout.
- Tu sais quoi ?
- Montre-lui les photos, souffla-t-il à Chauduc.

Chauduc sortit les photos de sa poche et les posa sur la table. Elle blêmit.

- T'es qui toi d'abord ? lança-t-elle à Chauduc avec mépris. Tu sors ça d'où, p'tit con ?
- Laisse-le maman, l'interrompit Folfair. Je pense que tu sais d'où viennent ces photos, n'est-ce pas ?

Elle ne dit rien, tétanisée. Elle avala une gorgée de café, qui lui brûla la trachée. Elle ne réagit que par un léger rictus. La stupeur de l'annonce de son fils la rendait insensible à la douleur.

- On a trouvé ça chez mon patron. Tu le connais, n'est-ce pas ? Maman... J'ai besoin de savoir.

Elle resta le regard figé sur les photos, durant un long moment de silence.

- Tu déterres de vieilles histoires mon fils...
- Des histoires que tu m'as cachées maman...
- Notre vie est très bien comme elle est aujourd'hui. Le passé est le passé. Laisse-le tranquille.
- C'est mon père, n'est-ce-pas ? J'ai besoin de savoir.

Elle se tut. Un silence qui voulait dire oui.

- Tu as besoin de savoir quoi ? Ou plutôt, as-tu besoin d'un père en réalité ?
- Pourquoi tu ne m'as rien dit ?

- Cela n'en valait pas la peine. Ton père ne s'est jamais occupé de toi et c'était très bien comme cela. Aujourd'hui, c'est comme s'il était mort.
- Il l'est pour de bon maintenant, lança-t-il froidement.

Fabuline resta bouche-bée. Les deux garçons lui racontèrent l'épisode de la veille. Elle eut le corps glacé d'effroi, mais ne versa pas une larme.

La vie était ainsi faite. Son fils venait de lui-même tourner la page d'une relation qui l'avait fait souffrir durant des années, mais qui l'avait en même temps construite comme mère. Tout comme pour son fils : il avait tué la personne qui l'avait le plus martyrisé pendant plusieurs jours, alors que ce type lui avait lui-même donné la vie. Drôle d'épilogue.

Le temps s'était comme arrêté, instant propice aux souvenirs. Fabuline repensa aux moments avec le père de son fils. Après la naissance de Folfair, elle avait essayé de le revoir. Une espèce de fascination malsaine l'avait poussée à cela. Sans raison objective, après la brutalité de leur première rencontre. Cela avait pris du temps mais ils s'étaient revus. Elle n'avait jamais coupé les ponts. Tous les étés, ils se revoyaient en cachette, sans que Folfair n'en sache rien. Fabuline était entrée dans un jeu sadique où elle ne pouvait résister de provoquer ces rendez-vous rituels : le type la dominait sexuellement le temps d'une séquence aussi courte que brutale. Chacun y trouvait son compte.

Elle lui donna des photos de Folfair dont il conserva quelques-unes. La dernière année, leurs discussions tournaient de plus en plus autour du gamin : Fabuline ne parlait que de lui, de son adolescence, de ses études. Le type finit par se lasser de ne plus être au cœur des échanges, au point de devenir jaloux du gosse. Il trouva jubilatoire d'organiser sa petite vengeance : l'embaucher durant l'été et en profiter pour lui filer une bonne leçon.

Tout cela s'était finalement retourné contre lui.

Fabuline sortit de ses pensées.

- La vie doit continuer, dit-elle calmement à son fils.
- La vie me semble soudainement plus compliquée… Comment peux-tu dire qu'elle doit continuer ?
- Folfair, nous venons toi et moi de tourner une page de notre vie. Tu as provoqué cela sans le savoir. C'est très bien ainsi. Ton père était un monstre. Tu l'as toi-même vu hier. Je suis restée sous son emprise, sans parvenir à me défaire des griffes de sa violence. J'ai été faible et tu m'as vengée sans le savoir. Oublions cela désormais et profitons de ce qui s'offre à nous.

Folfair n'avait jamais vu sa mère aussi sereine et philosophe. Il se dit que tout reproche ou toute recherche d'explications étaient superflus. Elle avait sans doute raison : regarder devant soi.

- Maman, promets-moi juste de m'ouvrir les yeux. Un jour, si je deviens comme mon père. Promets-moi de m'aider à changer.

Elle ne répondit pas. Elle les regarda tous les deux un long moment, fatiguée.

- Je ne vous garde pas pour déjeuner les garçons. Tout cela m'a coupé l'appétit.

Folfair et Chauduc la laissèrent à ses pensées, dans une ambiance très morose. Dès qu'ils eurent franchi la porte, elle avala un verre de rhum cul sec.

Elle reprit dans ses mains tremblantes les photos laissées par son fils. Elle marmonna tout bas pour elle-même : « Vas en enfer, espèce d'enfoiré ! »

Epilogue

Fabuline rejoignit sa chambre à l'étage de la maison. Elle regarda par la fenêtre les deux garçons s'éloigner à l'extérieur.

Elle ne donnait guère d'espoir à son fils dans la vie. Il finirait comme tous ces enfants de couple chaotique : un homme écorché qui battrait certainement les femmes, les violerait certainement et ferait vivre l'enfer aux enfants qu'il aura maladroitement et accidentellement mis au monde. Elle était résignée. Rien ne l'obligeait à en parler avec lui, ni à l'avertir, encore moins à le raisonner. Même s'il lui avait demandé tout à l'heure. Elle mourrait avant que ce nouveau drame arrive. Alors qu'importe.

Quant à l'ami de son fils : un beau petit morceau. Il avait beau ne pas être l'heure, Fabuline en aurait bien fait son goûter. Elle tenta de chasser cette idée de son esprit et rouvrit l'application de rencontres sur son téléphone. La vie continuait. Malgré tout.

Folfair et Chauduc marchaient tranquillement sur le trottoir. Côte à côte. Sans parler. Chauduc regarda son ami.

- On a un peu de ménage à faire là-bas.

Folfair sourit. Il tendit la main à Chauduc.

- Donne-le moi.
- Quoi ?
- Ton dé. File-moi ton dé.

Chauduc le regarda interloqué. Il glissa la main dans sa poche. Le dé était encore maculé du sang qui avait giclé de la tête du monstre.

- Tiens !
- On joue maintenant, lui répondit malicieusement Folfair.
- Que le jeu commence mon ami !

Chauduc regarda son ami, l'œil pétillant. Ils se mirent à rire. La vie continuait. Malgré tout.